AF598863

La distraction du Bon Dieu

Babi Champetier de Ribes

La distraction du Bon Dieu

Nouvelle

ISBN : 979-10-422-0581-2

Préface

C'est une gageure particulièrement ambitieuse que d'entraîner le lecteur dans un tel voyage sur la distance d'une simple nouvelle.

Ne révélons pas ici les images de départ et d'arrivée, opportunément communes, pour que chacun puisse (s')embarquer ; les rencontres extravagantes, au sens strict du terme, auxquelles tout lecteur aspire et qui surviennent pourtant comme évidentes ; et finalement les frontières totalement inconnues, franchies ici comme naturellement, tant en sens aller et retour.

Il y a dans cette distraction, sans doute un témoignage, mais esquissé de façon pudique ; une parabole aussi, mais juste dessinée, et enfin, on peut le passer, une profession de foi, mais chuchotée seulement, grâce au mode léger de la fiction.

Car si le lecteur se retrouve si facilement au bout du récit, à l'arrivée du voyage, étourdi et surpris d'avoir suivi et cru à une histoire qui nous habite tous, par-delà les lieux, les formes, les visages et les convictions, c'est aussi du fait de l'écriture, ostensiblement variée. Épistolaire, littéraire, poétique, impressionniste, mêlant fiction, reportage, pensée, dialogues… : la variété des formes, des styles, à dessein initialement déroutante se révèle vite efficace ; et justement nécessaire tant il fallait une forme atypique à une histoire à la fois si proche et si improbable.

Ce texte vient évidemment de loin dans l'esprit de l'autrice. Il touchera chacun.

Jean de Belot

J'étais peinard pourtant !

Début juin, fin d'une journée de boulot bien remplie, beau temps, délectable parce qu'un peu rare en ces temps de météo capricieuse.

L'idée du rosé Gaillac bien frais, partagé à l'envi avec les invités du soir, mes voisins « tout neufs », débarqués de Toulouse depuis peu dans ce coin inimitable du Béarn, le concerto n° 1 opus 7 du Chevalier de St Georges à fond… un bijou repéré un jour sur Radio Classique… le violon y joue à la perfection la mélancolie jubilatoire et le concerto un hymne à l'allégresse printanière… j'orchestrais les vitesses dans ma puissante et ancestrale Mercédès qui slalomait allegretto sur les routes un peu tortueuses direction la maison.

Ensuite, tout va très vite.

J'ai de mes nouvelles dans le journal local, à la rubrique « Faits divers. »

Voilà ce que l'on pouvait y lire :

« Dans la commune de Lahau, sur la route des crêtes, un camion, transportant des bottes de paille, s'est déporté sans doute pour éviter un chevreuil.

Sa cargaison, chahutée par la manœuvre, s'est déversée sur la Mercedes arrivant en sens inverse.

À quelques centaines de mètres du lieu de l'accident, le conducteur de la voiture, Alain C qui rentrait chez lui, probablement assommé, est dans un état critique, entre la vie et la mort, et semblerait-il bien plus près de cette dernière.

Alain C, âgé de 50 ans, est très apprécié et très aimé dans le petit village.

C'est à son initiative qu'un café bar a pu être créé, il y a quelques années.

Qui ne connaît pas ce lieu plein de vie, fort de la personnalité de ses 12 animateurs, tous plus originaux et différents les uns des autres ?

Le petit village de Lahau est en attente de nouvelles rassurantes.

Le journal présente ses pensées sincères et ses vœux optimistes à sa femme et ses deux enfants. »

Je vois un parfait inconnu presque sourire à la lecture de ce fait divers et peut-être même s'esclaffer au comptoir du café du coin : « Putain ! Celui-là il n'a pas eu de bol ! Ces cons de chevreuils ! »

Finalement, heureusement que notre mort ou quasi mort n'est qu'un fait divers pour le reste… des autres vivants !

Oh pardon ! J'ai droit à un autre pavé, juste en dessous, moins croustillant, mais plus attendrissant.

Il m'émeut : il émane de mes « collègues », mes amis du comptoir.

Le café de Lahau
Accident tragique

Café du coin, café du passage, café dépôt, café ouvert tous les jours où chaque villageois est venu et revenu, et puis les autres… les gens d'ailleurs.

On y trouve son pain, la petite chose qui manque toujours : un peu l'épicerie retrouvée.

On y trouve plus encore, de la musique, de la peinture, des gourmandises, sans compter les tonnes de sujets abordés par des passionnés !

Et puis, on y partage le rire et l'ambiance chaleureuse, toujours quelque chose de différent selon la disponibilité des 12 tenanciers animateurs, la très riche idée d'Alain.

Ce dernier serait en mort cérébrale.

Sa disparition nous bouleverse.

Nous présentons à sa femme et à ses deux enfants nos plus sincères vœux de rétablissement pour Alain.

Un pot de l'espoir nous réunira tous ce soir à 19 h.

L'amicale des 12 de Lahau. »

Post-Scriptum de l'auteur quasi défunt :

Ce petit village fort sympathique, avec ses personnages accueillants, ses histoires, ses cancans, ses emmerdeurs et ses bienfaiteurs, comme dans tout village, il me semble, n'avait pas ou plus, son point de rencontre, à part l'église ou l'école, mais toutes deux en voie de désertion.

C'est vrai que j'ai mis des sous pour acheter et retaper l'ancien presbytère, notre vieux curé étant affecté à l'aumônerie de l'hôpital de la petite ville voisine et du coup relogé.

Jolie maison, dotée de son jardin de curé… si le bar ne marchait pas, je savais que je pouvais alors louer ou vendre.

Émoustillé par cette envie de redonner un lieu de vie au village, j'ai ouvert et créé le bar à une condition : qu'il soit tenu à tour de rôle par des passionnés.

Je n'avais ni le temps ni l'envie de m'en occuper seul.

J'avais réussi, certes pas facilement, à convaincre douze volontaires, hommes et femmes passionnés. « Peu importe la passion, du moment qu'elle puisse être partagée. »

Commençons les présentations des 12 tenanciers.

Si Francis est agriculteur, sa passion est le rugby.

Quand il tient le bar, c'est pour regarder ou commenter un match.

Les jours de match des 6 nations, le bar est à peine assez grand, et pour l'occasion, nous louons un grand écran.

L'ambiance y est explosive.

La bière coule en abondance aussi !

Jeunes et anciens s'y retrouvent.

Francis a la partie facile, tous les enfants jouent au rugby dans ce coin du Béarn !

Sans rire, le village est fier d'en avoir un en équipe de France et il y en aura d'autres !

Ancien joueur, il a monté une équipe mixte, plaquage interdit, seulement « collé-touché ».

Les jeunes femmes adorent, certaines ont même troqué la gym pour le rugby.

Robert, c'est le cyclisme.

Tous les dimanches, avec tout un groupe, il sillonne les collines béarnaises et rêve du Tour de France !

Mais pendant le tour, il se fait remplacer par Momo.

Les visiteurs suivent le Tour de France au bar où Momo est connu pour servir un punch des îles, sa spécialité.

Au retour de Robert après le passage du tour dans les Pyrénées le bar ne désemplit pas !

Il répare tous les vélos des villageois et surtout il apprend aux jeunes à les réparer eux-mêmes.

Vous n'avez pas remarqué que pendant et après le Tour de France les routes sont encombrées de cyclistes, souvent par pelotons, bien au milieu de la route comme s'ils étaient les rois du moment !

Simone, c'est notre ancienne, 83 ans et une belle énergie, elle n'a pas hésité longtemps, lasse des goûters toujours les mêmes organisés pour les vieux, avec le même thé insipide, la brioche et les quatre quarts de chez promo super plus du supermarché local, sans oublier le sempiternel jus de fruits à l'orange bon marché.

Elle est en bonne santé malgré son accident de jeune fille.

Elle avait 14 ans, vivait au village avec ses parents.

Les hommes étaient aux champs, c'était le plein été.

Elle en revenait d'ailleurs après avoir apporté le casse-croûte aux hommes.

Transpirante, assoiffée, elle voit une bouteille sur la table pensant être du jus de pommes.

J'ai trop soif se dit-elle, elle débouchonne la bouteille et en avale deux gorgées pas plus, et pour cause !

C'était de l'ammoniaque pure.

Imaginez sa souffrance et le temps qu'il fallut à l'époque pour trouver une voiture pour l'emmener à l'hôpital !

Elle va vivre un calvaire.

À l'âge de 21 ans, un professeur de Bordeaux l'opère et lui met un œsophage artificiel. Jusque-là, elle se nourrissait d'une sonde.

Sauvée, elle vivra enfin normalement, et ne tombera jamais malade !

Toujours joyeuse et dynamique, elle veut faire venir au bar ses copines et leurs petits-enfants, et ça marche !

Ce jour-là, il y a plein de gâteaux faits maison, Georges Brassens dont elle connaît toutes les paroles de ses chansons en fond musical et les meilleurs thés de la région. Et les vieilles auxquelles se rajoutent quelques vieux sont priés de raconter des histoires aux petits enfants qui reviendront chez eux repus de tant de gourmandises et la tête remplie d'anecdotes villageoises souvent hilarantes, comme celle de la vieille fille Élisabeth. Sévère et autoritaire, stricte et fausse, que Dieu me pardonne, imaginez la vieille fille qui, en pleine messe dominicale, s'était étalée de son prie Dieu les quatre fers en l'air, ce qui avait déclenché un fou rire général et même que le curé avait demandé une pause !

Clara est la plus jeune, sa passion c'est la gourmandise.

Elle est assez jolie, plantureuse au bon sourire jovial et caissière chez U. Elle aime bien son boulot de caissière, et nous, habitants du village, n'aurions pas l'idée d'aller à une autre caisse que celle de Clara.

Elle a toujours un petit mot gentil et est très au courant des commérages et ça… on adore !

Elle aime la bouffe et ne doit penser et rêver qu'à ça !

De plus, elle est travailleuse et a le sens du commerce ; elle est une des permanentes du bar à ses heures de libres.

Elle confectionne des tartes salées ou sucrées vraiment délicieuses, qu'elle vend à la portion ou sur commande, et ses fameux macarons qui commencent à lui être commandés par les villages voisins… et de la caisse chez U où elle prend discrètement ses commandes !

Pierre est professeur de philosophie au lycée de la petite ville voisine et est passionné de musique. La trentaine, il a un côté vieux garçon avec ses bermudas et ses chaussettes montées jusqu'aux genoux.

À la fois rêveur et excentrique, il fabrique des guitares et autres instruments à cordes et en joue un peu aussi.

Les jeunes en sont friands, ça parle musique et bien évidemment de philo.

Les jeunes du village n'ont pas été ses premiers clients, plutôt ses élèves et jeunes alentour et puis ça a fait boule de neige.

Il s'amuse à poser des devinettes tordues et celui qui trouve la réponse gagne un livre.

Ils sont tous attachants, mais j'ai un faible pour Madeleine.

Béarnaise de naissance, mais montée très jeune à la capitale, elle est revenue définitivement avec son mari plus âgé qu'elle pour couler des jours heureux à la campagne.

Sa passion c'est la peinture, que dis-je ! Les couleurs, l'huile, l'aquarelle, les tissus, et encore les couleurs !

Elle a son atelier dans un ancien pigeonnier au bout de son jardin proche du bar. Elle y a mis un poêle à bois pour s'y chauffer l'hiver.

Elle a souvent de la compagnie, soit pour peindre avec elle soit pour papoter et rire un coup et même boire un petit coup !

Nous sommes tous friands de son rire, elle se marre tout le temps.

Elle n'est pas seulement la joie de vivre, elle nous apporte à tous une culture à laquelle nous ne comprenons pas grand' chose, mais comme Clara avec sa gourmandise, Madeleine nous rend gourmande d'Art. Et elle raconte, elle est insatiable.

Les murs du bar sont tapissés de non seulement ses œuvres mais aussi de celles de ses élèves et de plus en plus d'autres artistes bien contents de pouvoir exposer et vendre aussi.

C'est ainsi qu'elle nous organise des soirées vernissages et au village nous en sommes bien fiers… parce que ça fait un peu comme à la capitale !

Edmond, quel personnage celui-là !

C'est l'agriculteur qui a des terres à cultiver, et qui a, en plus un troupeau de vaches à lait, les noires et blanches si jolies, que l'on ne voit plus beaucoup d'ailleurs.

Un métier bien exigeant… à savoir que tous les soirs à 17 h et tous les matins à 5 h 30 il est avec Caroline, Cécile, Prudence, Charlotte, Marguerite, etc. la traite de ses vaches chéries et comme il le dit, c'est 2 trains à prendre tous les jours et qu'il ne faut pas rater.

Il en rassemble du monde, il aime la terre, ses animaux, mais il n'a pas de successeurs… sinon ses neveux qui lorgnent du haut de leurs 7 et 8 ans le magnifique tracteur fourche.

C'est notre râleur joyeux qui dit souvent « si je gagne au loto… » et au bout d'une rêverie un peu effrayante parce que c'est finalement très flippant de gagner 100 millions d'euros, il nous convainc tous qu'il n'y a rien de mieux qu'un bon verre de vin et une tranche de son jambon à partager ensemble !

Comme quasiment tous les agriculteurs du village et des villages voisins, il est aussi chasseur.

C'est à qui racontera sa belle prise ou son raté à la chasse aux sangliers aux chevreuils et aux renards !

Les écolos anti-chasse ont intérêt à se faire tout petits à sa permanence !

Géraldine, c'est notre jeune institutrice qui a débarqué dans notre village avec son diplôme tout neuf et l'ambition de rendre nos petits bilingues anglais-français !

Ce n'était pas une mince affaire pour ces habitants dont certains parlent encore le patois de leurs anciens. Le Directeur de l'école appuyé par l'Académie a donné son feu vert à condition que les enfants reçoivent aussi un enseignement en béarnais une fois par semaine.

C'est ainsi que dès l'âge de 4 ans les petits suivent les cours du matin en Français et ceux de l'après-midi en anglais, et ça fonctionne très bien (même si les parents ne parlent pas un mot d'anglais) si bien que notre école du village est devenue école pilote.

Les inscriptions abondent et nous nous demandons tous pourquoi les autres écoles ne suivent pas l'exemple. Les enfants arrivent bilingues en 6e avec un niveau supérieur aux autres enfants en évaluation.

Nous sommes très fiers mais nous espérons que notre modèle sera suivi, car nos locaux ne sont pas extensibles et le village pas très riche. Nous sommes dans l'Europe et ne comprenons pas pourquoi notre ministère de l'Éducation traîne la patte !

Dans ce petit coin du Béarn collé au Pays Basque, on aime chanter.

Jeanne est ancienne soprano de l'opéra de Marseille.

Trois fois veuve, vraiment du pas de chance, toujours très belle et élégante, tirée à quatre épingles brushing parfait, avec son caractère bien trempé, elle a le mérite d'arriver à faire chanter juste les gaillards du coin qui exultent après un match de Rugby et se retrouvent au bar.

C'est marrant de voir ces hommes plutôt rustres, moi le premier, lui obéir, accepter de se faire engueuler : quelle grande classe cette dame !

Elle a même réussi à monter une chorale pour la messe dominicale, fait du manque de curés, celle-ci n'a lieu qu'un dimanche sur quatre, mais c'est déjà beaucoup pour la plupart qui ne mettent plus les pieds à l'église sinon aux enterrements.

L'école du village vient de la solliciter pour faire chanter les enfants, une bien belle idée qui rameutera du monde à la prochaine fête de l'école !

Dans un registre différent, dotée d'une voix profonde et pétillante, Blanche est une conteuse hors pair. Quand elle tient le bar, on ne sait jamais à quel moment elle va nous dire un conte : je crois qu'elle attend le juste moment et c'est tout simplement jubilatoire.

En fonction de la clientèle du moment, elle sait choisir le conte qui la captivera, et elle a un succès fou.

Généreuse (et en fonction aussi de son emploi du temps de comédienne) elle offre aux enfants de l'école un conte presque une fois par mois.

Entre Géraldine et l'apprentissage de l'anglais, Jeanne le chant et Blanche la conteuse, notre école est bien chanceuse.

Un autre passionné, bon écrivain et surtout très bavard, c'est Armand.

Féru d'histoire, celle de notre village n'a pas de secret pour lui.

Âgé de plus de 80 ans, il a connu beaucoup d'ancêtres et a déjà écrit plusieurs biographies de gens du village : petits fascicules bien faits avec photos.

Il en a réalisé une très jolie de notre charpentier couvreur atteint d'une sclérose en plaques à l'âge de 50 ans et 15 années plus tard en chaise roulante.

Pour Margaux, la fille du charpentier et aujourd'hui maman, c'était aussi pour montrer à ses enfants que leur grand-père avait été un homme d'une grande vitalité avant d'être en chaise roulante.

Il avait commencé sa carrière comme instructeur dans les commandos… puis charpentier couvreur formé par les compagnons, capable de restaurer les toits de châteaux ou églises monumentales en Aveyron, avant de venir s'installer en Béarn.

Le jour du Téléthon, Armand organise une balade guidée dans le village à travers des siècles, le village dispersé s'étalant sur une quinzaine de kilomètres, il aura toujours des curiosités à nous apprendre.

Sans rire, le village a même un oppidum !

Et j'en arrive au 12e !

Nicolas le jardinier.

J'ai remarqué que beaucoup de Nicolas sont jardiniers, c'est vrai, j'en ai entendu sur 2 radios différentes !

Sa passion est le jardin et surtout le potager.

C'est une mine pour nous tous qui avons un petit lopin de terre suffisant pour cette culture.

Il est aussi musicien et a eu jadis son succès dans un groupe de country où il accompagnait à la guitare et au banjo quelques artistes connus.

Quand il tient le bar et que la clientèle est rare ou calme, il joue du banjo et si un guitariste passe on lui réclame « Dueling Banjos » cet air mythique du film Délivrance de 1972 du réalisateur John Boorman.

On adore tous !

Avec Nicolas, il y a presque toujours des cagettes de légumes qu'il vend pour quasi rien et ses conseils bien arrosés d'humour et de vannes à hurler de rire !

Ah oui, il y a toujours au bar un bouquet de fleurs de Nicolas, mais pas comme un bouquet de magasin, plutôt un bouquet de fleurs des champs, ou fleurs du potager, un bouquet de grâces… Oui, c'est cela.

J’y pense à l’instant, je ne dois pas oublier ma femme Cécile, ma boîte à idées et en plus conseillère municipale.

À sa demande, la mairie a créé des étagères dans la salle du conseil qu’elle s’est empressée de remplir de livres qu’elle a dénichés via les librairies et centres culturels.

Avec deux autres personnes, elles se relaient deux jours par semaine pour tenir la bibliothèque.

À tour de rôle, elles se déplacent chez les personnes âgées afin de leur proposer un livre ou même une lecture à voix haute.

Le droit d’entrée est de 5 euros par personne et par an, gratuit pour les enfants.

Le rêve de Cécile est de faire venir Amélie Nothomb, elle en est une grande admiratrice.

Et rien que d’imaginer Amélie Nothomb venir dans notre village, elle jubile.

A. N. dans le bled le plus inattendu qui soit ?

Mais qui connaît A. N. ?

Personne ou presque !

Mais siiii, s’égosille Cécile, elle vient de recevoir le prix Renaudot !

Et elle sort un livre par an !

Ah ?

Elle est célèbre ?

Je caricature là, mais à peine !

Pauvre Cécile !

Heureusement, c'est la jeunesse qui est venue au secours de Cécile pour saluer son initiative.

A. N. est, il est vrai, très appréciée des jeunes, disons des lycéens instruits et jeunes étudiants.

L'invitation pour Amélie étant à peine partie… elle était passée par un ami libraire à Versailles, Antoine, qui la connaissait et qui avait accepté de faire le facteur… tous les jeunes des environs étaient excités et prêts à accueillir A. N. qui n'avait jamais dit qu'elle viendrait !

Avait-elle seulement reçu l'invitation ?

Ma femme m'affirmait qu'elle répondrait, elle avait entendu qu'elle passait quatre heures par jour ou plus à répondre à ses fans !

Il n'y avait plus qu'à attendre !

Cécile avait même prévu un stock de champagne, elle se voyait en Pétronille, une héroïne d'un des livres d'A. N.

Elle me disait qu'elle et A. N. riraient sûrement ensemble sans être ivres, enfin, juste un peu, de ce juste bonheur de pouvoir se raconter, de rire encore de la vie, de ses déboires et de ses joies, de ses ratés et de ses doubles ratés, de ses angoisses et de ses espérances, bref, elle me soulait, mais j'admirais son dynamisme bien nécessaire à ces petites communes si souvent éteintes et qui pour la plupart n'entreprenaient rien.

Fin du Post Scriptum que je me suis senti obligé de vous communiquer, avant la suite, si vous le voulez bien, tellement invraisemblable, pourtant bien réelle, que voilà.

D'abord une lumière blanche, très blanche, plutôt un éblouissement qu'une lumière.

Je me sens dans un bien-être absolu.

Je ne sais pas si je flotte ou si je marche ou si je plane, mais Dieu que je suis bien !

Je ne suis ni à la campagne, ni au bord de la mer, ni à la montagne, ni à la maison, ni même au bar.

Je n'ai ni froid ni chaud.

C'est beau.

La lumière semble irréelle.

Mais où suis-je ?

« Qu'est-ce que tu fous là ? »

Il est en face de moi.

Je ne l'ai pas vu venir, je sursaute vivement.

Mon père, sa grosse voix grave et tonitruante comme la mienne d'ailleurs.

Et merde, le même âge que moi on dirait, il avait 50 ans à sa mort.

Comme moi aujourd'hui.

C'est qu'il m'engueule ce vieux con !

Moi « Papa ? »

Mon père « Toi ici ?

Je n'ai pas été prévenu de ton arrivée. »

Il me regarde intensément, et du bout des lèvres me dit « Comme c'est émouvant de te voir mon fils chéri, mais… je ne comprends pas, tout cela est bien troublant ! »

Entre nous, c'est bien la 1re fois que je l'entends me parler avec tant de douceur, ça me fait très bizarre.

Mon père est de cette génération où le baiser rituel du soir, en général sur le front, reste la seule marque de tendresse dans mes souvenirs.

Je ne me souviens pas de jeux avec mon père.

Des discussions oui, mais très policées et pas à bâtons rompus et teintées de liberté, comme nos jeunes d'aujourd'hui.

Et jamais un mot de travers dans le genre : « c'est nul les vieux », c'eût été une baffe directe !

Mais j'aimais mon père, avec mes frères nous le craignions et l'admirions.

Il était notre père et n'aurait pu être autrement.

Moi « Nous sommes où, Papa ? »

Mon père, l'air surpris « Mais enfin ! Là où le Père nous attend.

Dans son Royaume ».

Moi : « Oh putain ! non, pardon.

Je suis mort ?

Dis-moi Papa, je suis vraiment mort ? »

Et, levant les yeux au ciel, comme si j'avais dit une connerie, il se met à disparaître, comme si son corps était absorbé par un brouillard dense, me laissant complètement ahuri, tellement bien aussi.

Assis sur une pelouse, ou un tapis vert très doux, je ne sais, je souriais comme un bienheureux, sur terre j'aurais dit comme un con, je ne réfléchissais pas, je ne pensais pas, j'étais et Dieu que j'étais bien.

Je ne voyais aucune maison, mais comme une superposition de ciels tous plus somptueux les uns que les autres.

Dieu était un grand artiste, le plus grand !

Quel talent !

« Bonjour Alain »,

Sophie ?

Toi, Sophie ?

Elle avait 10 ans quand elle avait été renversée par une voiture devant notre école.

Un drame terrible.

J'étais avec elle.

Nous attendions le bus qui nous emmenait à la montagne.

Elle s'amusait à compter à grandes enjambées le nombre de pas que faisait la route nationale en la traversant de part en part.

Plus raisonnable qu'elle, je lui disais que c'était dangereux.

Plus intrépide que moi, elle riait et…

Le bus était arrivé.

J'avais crié « le bus » !

Elle était en face, de l'autre côté.

Elle n'avait pas regardé les voitures qui à l'époque roulaient sur cette ligne droite en plein village à toute berzingue.

Elle avait été projetée dans les airs pour retomber par terre.

J'étais tétanisé.

Elle était morte sur le coup.

J'avais pleuré beaucoup.

Nous étions dans la même classe.

Elle était la plus jolie, elle était un rêve.

Nous nous retrouvions le mercredi dans le cimetière, notre terrain de jeux, à mi-chemin entre sa maison et celle de mes parents.

Je lui avais offert un foulard blanc en soie piqué à ma mère.

Elle le portait, là, devant moi, autour de son cou gracieux.

Elle avait à la fois 10 ans et 20 aussi et peut-être 50 comme moi, impossible à dire.

Dieu qu'elle était belle !

Elle aussi me dit « Que fais-tu là ? »

Moi « Je pense que je suis mort et c'est merveilleux.

Te revoir est comme un rêve, sauf que tu es là devant moi.

Dis-moi que je ne rêve pas. »

Sophie d'une voix lointaine et douce « Non, je ne pense pas que tu rêves, mais ta présence là, en ce moment, est assez surprenante.

Est-il possible que tu sois sujet à une sorte d'erreur, qui sait, peut-être une distraction du Bon Dieu ? Comme une erreur d'aiguillage. C'est comme si tu n'étais pas attendu.

Comme c'est étrange !

Tout est très confus.

Je ne sais pas si c'est déjà arrivé.

C'est comme si tu arrivais trop tôt Alain ».

J'étais dans un tel bien-être, ses propos ne m'atteignaient pas vraiment.

Parler de distraction du Bon Dieu, quelle drôle d'idée et je m'en foutais royalement.

Je n'entendais que sa voix douce et lumineuse qui m'ensorcelait.

Comme si elle lisait en moi, elle me dit alors : « Tu as une femme Alain, qui t'aime et t'accompagne depuis toujours.

Tu as encore du chemin à faire, pour elle, pour vos enfants, et pour les autres aussi. »

J'étais troublé.

Je réalisais que je n'avais pas pensé à ma femme ni à mes enfants depuis elle, ou même depuis mon arrivée dans cet étrange lieu de nulle part.

Un pincement au cœur.

Comment me détacher de Sophie, elle me semble l'amour juste parfait.

À ce même instant, après avoir délicatement posé sa main sur ma joue, elle s'en va, un peu comme mon père, vers un chemin lumineux, absorbée par cette sorte de brouillard, ou alors des nuées ?

C'est quoi cette croisière au Paradis ?

Parce que je commence à penser que je suis vraiment au Paradis.

J'ai des flashs de raisonnements, mais mes questions s'effacent vite, je suis de nouveau bien, je retrouve le bien-être du début.

Je ne sais pas si je dors ou si je suis éveillé.

Qui sait ? Je ne dois pas être loin des béatitudes ?

Berthe ?

C'est bien Berthe que j'ai devant moi.

Elle était gouvernante de mon père et est restée jusqu'à sa mort tardive chez nous.

Elle était pour mes deux frères et moi, bonté et douceur quand nos parents étaient fermeté et rigidité.

Nous l'adorions.

Elle avait toujours des bonbons dans les poches de ses grandes jupes XXL comme elle. Elle était plantureuse avec des seins énormes que nous reluquions comme des morpions que nous étions.

Devant moi, elle n'avait pas 130 ans, ou alors elle les avait eus après être passée par le centre de rajeunissement du Paradis, genre d'établissement qui sur terre, n'en était qu'à l'état d'expérimentation : les pauvres cobayes en ressortaient avec des faciès figés, étirés, à force d'avoir été botoxés et déridés.

Pas facile de lui donner un âge... mais peu importe, je n'en étais pas à un étonnement près !

À 50 ans, bien que j'en crevais d'envie, je n'allais pas me jeter dans ses bras, me caler entre ses deux bons gros nichons comme je le faisais enfant !

Comme j'étais heureux de la voir !

« Que fais-tu là mon petit ? Je vois que ta femme te nourrit bien, fais-tu assez de sport ? »

Ne sachant que lui dire, je lui demandais simplement des nouvelles de sa santé, me souvenant d'elle très affaiblie des années avant sa mort.

« Les voies du Seigneur sont impénétrables, mon petit » et dans un éclat de rire chaud, bon et joyeux, la voilà elle aussi qui s'éloigne, qui s'efface, pour disparaître complètement.

Mon corps flottait.

Pas sur l'eau ni dans les airs.

Peut-être en apesanteur… étais-je dans l'espace ?

Je notais dans un coin de mon cerveau en miettes que je devais en parler à Thomas Pesquet.

Mon cerveau justement était comme brouillé par une puissance incontrôlable.

Si j'émettais une once de pensée, la seconde d'après, j'étais dans un bien-être absolu.

« Ce qui se conçoit bien s'énonce clairement, et les mots pour le dire arrivent aisément ».

Au secours, Monsieur de Boileau, ce n'est pas mon cas.

Je me rends compte que je n'ai pas le vocabulaire pour nommer ce bien-être, non pas parce que je serais inculte, mais parce que les mots pour décrire ce bien-être, ces mots-là n'existent pas. Il n'a pas dû être donné à l'homme sur terre la capacité de décrire ce qui est peut-être la plénitude ?

Un peu comme si la réception devançait le raisonnement, un truc de dingue, à la fois limpide et totalement hors de l'évidence.

Je rencontrais aussi ma grand-mère, ma Bonne Maman comme nous l'appelions.

Elle était comme dans mes souvenirs.

Elle qui n'était pas coquette du tout paraissait devant moi plus élégante pourtant.

Ou alors était-ce son allure générale ?

Son teint, sa voix, tout était frais et lumineux.

Je me souvenais qu'elle adorait les crèmes à la vanille, je lui demandais si elle en prenait toujours. Ma question la fit rire, elle me répondit alors qu'elle pouvait déguster tout ce qu'elle désirait, mais c'était en pensées seulement et elle en était comblée. Avant même, me dit-elle, que je ne le demande.

Ici, nous n'avons jamais ni faim ni soif.

C'est comme si toi, mon grand garçon, me dit-elle, te connaissant, tu avais là, pendant que nous parlons, fortement envie d'un filet mignon au miel comme notre gentille Berthe savait si bien le cuisiner Et bien… à l'instant tu en serais rassasié, et j'imagine que tu l'accompagnerais d'un bon vin ?

Et elle riait, et elle était à la fois ma Bonne-maman et une femme intemporelle avec son rire si jeune !

Comme je suis heureuse de te voir, mais franchement mon petit, tu es là… sans être là, il me semble.

Et tout comme les autres, elle s'était évaporée.

Je ne sais pas comment je rencontrais toutes ces personnes.

Je veux dire par là que je ne sais pas si je me déplaçais ou si c'étaient-elles, ces personnes, qui venaient à moi.

Comme je l'ai déjà dit, je n'arrivais pas à réfléchir.

C'est comme si je tournais les pages d'un livre : tiens c'est Papa, puis tiens c'est Sophie…

La nature n'était jamais la même, mais à chaque fois un ravissement pour mon être tout entier.

Là par exemple, je n'étais plus sur une pelouse toute douce, j'étais au bord d'un immense lac, perché sur un plateau, entouré d'un énorme troupeau de moutons magnifiquement blancs : ils ne broutaient pas, ils se reposaient.

Il y en avait, je ne sais combien, autour de moi, des centaines ou des milliers, un peu comme si j'étais entouré de tout un tas de peluches merveilleusement blanches, chaudes et câlines.

L'eau du lac avait cette couleur des eaux claires des îles comme on en voit dans les magazines, le ciel avait le bleu de Lectoure, azuré par quelques nuages violets et roses, c'était très joli !

Je crois que je n'avais jamais vu une telle beauté !

J'avais envie d'une canne à pêche, juste pour rajouter du plaisir à ce plaisir de bien-être, et vous devinez ?

Me voilà avec une canne à pêche, le sourire aux lèvres !

Étais-je au Paradis ?

À l'instant où cette question venait d'effleurer ma pensée, des anges, des vrais avec des ailes, des enfants à croquer, tous vêtus de blanc, une blouse blanche vaporeuse, des frimousses ravissantes, blondes et brunes, noires et rousses, faisaient une ronde autour de moi et chantaient :

« On n'a pas le droit ni d'avoir faim ni d'avoir froid… »

Cet air me rappelle quelque chose… ah oui, Coluche, les restos du cœur !

Et comme ils tourbillonnent autour de moi je chante avec eux, trop fier de connaître les paroles.

Et qui j'entends ?

Et qui me tape sur l'épaule ?

Coluche, entouré de ses anges.

Il est en salopette.

Il a deux grandes ailes lui aussi.

Je le trouve comique entouré de ses anges.

« Qu'est-ce que tu fous là ? »

Il me tutoie.

Je le connais mais lui ne me connaît pas.

Mais c'est comme s'il me connaissait.

C'est quoi ce sac de nœuds ?

Moi : « Je n'en sais rien, mais que c'est beau ici !

Et pourquoi vous êtes tous étonnés de me voir ? »

Coluche : « Hé enfoiré, tu as du boulot à faire encore en bas, c'est vraiment anormal de te voir ici, creuse encore, avec tes 12 acolytes tu peux faire mieux ! »

Et comme les autres, ses anges adorables et lui s'en vont dans une nuée, me laissant seul.

Après, plus rien.
Ou alors, plus de souvenirs.

C'est quoi ce bordel ?
Ouille… Papa ?
Sophie ?
Mais vous me faites mal !
Mes mots ne sortent pas de ma bouche pâteuse, je ne me sens pas vraiment bien.
« Monsieur, Ouh Ouh, vous m'entendez ?
Vous me voyez ?
Restez calme, vous vous réveillez.
Monsieur vous êtes à l'hôpital et tout va bien. »

Je suis réveillé.
Depuis 2 jours.
Je suis resté deux semaines dans le coma.

Je vais bien, a dit le médecin.
Vous avez eu un grave traumatisme crânien et quelques petites fractures mais après quelques semaines de repos tout ira mieux.
Pas aussi bien qu'avant, docteur, c'est certain.
Où est cette particulière sensation de bien-être ?
Je ne dis rien.
On me parle, mais je ne réponds pas.
Je fais celui qui a tout oublié, alors que je n'ai rien oublié.

Comment oublier ?

Ce ne peut pas être un rêve, c'est tellement précis dans ma tête, surréaliste est la pensée qui me vient fréquemment.

Chaque instant, chaque heure qui passe je repense à tout, tout ce que j'ai vu et vécu au Paradis.

Parce que je suis convaincu que j'y étais.

Mais qui va me croire ?

Personne !

C'est évident !

J'ai envie de tout raconter mais comment m'y prendre pour être crédible ?

Même ma femme va me prendre pour un tocard, ou peut-être pas, pire, elle va avoir pitié de moi !

Merde et merde, que dois-je faire ?

Je décide de tricher quelques jours de plus pour affiner ma stratégie du retour, en espérant qu'ils ne m'envoient pas des psys de toutes sortes et que je ne me trahisse pas.

Je me suis autorisé à sourire, difficile de m'en empêcher en voyant mes enfants et ma femme et pour être honnête, les très gentilles infirmières à mon chevet qui se donnent un mal fou et qui ne me parlent qu'avec des mots réconfortants !

Hortense, la plus jolie et la plus jeune, me raconte qu'elle voudrait être médecin. Intelligente, elle réussira ses examens j'en suis certain.

J'ai l'impression qu'elle devine que je triche.

Elle m'a dit ce matin : « c'est si bon de revenir à la vie ».

Je me trouve très bon comédien, et pour une des rares fois dans ma vie, je demande au Bon Dieu de m'aider.

« La distraction du Bon Dieu » comme le disait Sophie, me met dans un sacré pétrin, alors c'est à Dieu de m'aider.

Alors je décide de prier.

Et ça me calme.

C'est difficile de prier quand on ne sait plus.

Quand j'étais enfant, ma catéchiste nous disait que si nous ne savions pas quoi dire il fallait commencer par dire « Merci ».

Même si nous étions tristes ou malades ou envieux parce que le copain avait de vraies chaussures de sport et pas vous !

Et ensuite, elle nous disait de prier pour les autres.

Mon voisin Laurent nous faisait rire, il demandait de prier pour sa mémé qui s'était cassé la patte !

Et une autre, j'ai oublié son prénom, qui nous demandait de prier pour son oncle qui était en garde à vue… et elle remettait ça la semaine d'après !

Et ensuite, c'était à qui chantait le plus fort le « Je vous salue Marie ».

Ces souvenirs m'attendrissaient.

Alors je me suis mis à dire Merci.

Et pour tous les autres, pour tous ces gens autour de moi, pour tous ceux qui me venaient à l'esprit, pour tous ceux qu'il m'avait été donné de revoir là-haut, je disais dans mon cœur une prière.

Je connais le Notre Père, mais j'avais un peu de mal à dire Merci au Grand Distrait qui m'avait donné de vivre une expérience incroyable et donc inracontable !

Le côté réel et pragmatique de la vie sur terre a quelque chose de rassurant.

Et ce, malgré mon état encore vaseux et les multiples fractures.

Mais le côté splendeur du Paradis, paisible et divertissant à nulle autre pareil, m'emplissait d'une joie inédite, c'est bien vrai, mais je l'avoue d'une fichue trouille aussi.

Je ne me voyais pas en Bernadette de Lourdes.

J'avais envie d'ordinaire et non pas d'extraordinaire.

Le bien-être si particulier et si bon ressenti là-haut allait-il me manquer ?

Si le Bon Dieu a été vraiment distrait comme le disait Sophie et finalement tous les autres si étonnés de me voir, la meilleure solution était peut-être que je ne dise rien, par respect pour Lui.

Sur les plateaux de télévision, c'est le monde des experts.

C'est fou le nombre d'experts qui défilent sur les écrans, en fonction du sujet brûlant de l'actualité du moment !

Je n'avais aucune envie de devenir l'expert en Paradis.

Et puis, je serais vite ridiculisé, pire, on me prendrait pour un gourou, avec c'est évident, des milliers de gens qui me suivraient partout en priant et chantant ! Pitié, pitié, non, ce n'est pas mon truc !

Comment me sortir de tout cela ?

Le déclic !

Il arrive naturellement, si j'ose dire en pensant à tous ces gens de l'Église qui eux savent prier alors que moi j'ai l'impression de patiner et que ma concentration à la prière est systématiquement dispersée.

J'ai un cousin Monseigneur !

Je crois même qu'il a bossé à Lourdes.

Et qu'il est surtout très abordable.

Ma femme, plus aux faits que moi de la religion, doit pouvoir m'aider à le contacter. Et d'ailleurs, elle le connaît un peu, me semble-t-il.

Mon ignorance m'afflige, c'est quand même une denrée rare que d'avoir un cousin, même lointain, Monseigneur, et je me rends compte qu'il m'intéresse parce que j'ai besoin de le rencontrer.

Pauvre de moi !

Mon idée est de raconter tout au Pape François.

Et Monseigneur mon cousin devrait pouvoir me mettre en relation avec Sa Sainteté le plus vite possible.

Le Pape seul me dira ce que je dois dire et faire.

Me croira-t-il… peut-être oui, peut-être non… je n'en sais rien, mais c'est devenu une évidence,

François doit être le premier à m'écouter raconter ma « virée » au Paradis.

Mais voilà, comme je joue à l'amnésique depuis 4 jours déjà depuis mon réveil, je ne peux pas parler, pas question de me griller.

Je passe par ma jolie petite infirmière Hortense qui comprend que j'ai besoin d'un stylo et d'une feuille.

J'écris dessus « Je dois voir absolument Paul… Monseigneur » et sur un autre bout de papier destiné à la belle Hortense « à donner à ma femme très discrètement. Ne le dites à personne. Je vous fais confiance. Merci »

Je ne dis pas un mot, lui fais une émoticône avec mon pouce, celui qui dit OK, et je rajoute un regard dans lequel elle doit comprendre que je lui donne toute ma confiance.

Elle me renvoie en guise de réponse son beau sourire, et la même émoticône que moi.

Ah, c'est beau la jeunesse !

Mais sera-t-elle discrète comme je lui ai demandé, ou va-t-elle se précipiter vers sa hiérarchie pour raconter l'épisode ?

Tant pis, j'ai tenté.

Et il faudra bien que je sorte de cet hôpital un jour.

Je dors beaucoup, sûrement à cause des calmants contre les maux de tête et les quelques fractures et autres bobos non mentionnés jusque-là, un grand coup de chance malgré tout, vu la cargaison de boules de paille qui m'a raté de peu.

J'entends les uns et les autres parler pendant que je suis supposé dormir, il paraît que ma vieille Mercedes a la gueule d'un sandwich, il va falloir que je m'en trouve une autre !

Et le médecin qui dit à ma femme que c'est un miracle que je sois vivant !

Si seulement il savait !

Depuis qu'Hortense est partie en mission, je suis surpris de ne pas voir débouler un médecin pour me secouer.

C'est Cécile ma femme que je vois 2 jours plus tard accompagnée de Monseigneur.

La belle infirmière a été parfaite !

Dans un coin de ma tête, je me dis que je ne dois pas oublier de lui offrir un petit cadeau.

Je demande à voir seul le prestigieux cousin Paul.

J'expliquerai tout calmement à Cécile plus tard.

Et je chargerai Paul de la rassurer.

Mon entrevue avec Paul.

Pour lui, je retrouve la parole, mais je chuchote de peur que quelqu'un écoute à la porte.

Il m'informe que j'ai reçu l'extrême onction, ce sacrement que l'on donne aux mourants, avant qu'ils ne partent pour de bon.

Il me dit que j'étais en gros mal barré, et qu'ils avaient tous pensé que c'était ma fin.

Ce qui expliquerait finalement que j'ai peut-être été quasi mort et qu'effectivement ma grande âme si pure… (je me moque de moi là)… ait été dirigée un peu trop vite quelque part où je ne devais pas être.

Je ne lui raconte pas ce que j'ai vu, mais lui demande de me croire quand je lui dis que c'est au Pape que je dois tout raconter.

Il comprend que j'ai toute ma tête quand je lui dis que même à lui, même à ma femme je n'ose pas dire ce qui m'est arrivé.

Il acquiesce à condition que je relate tout par écrit et avec la plus grande sincérité.

« Ne prends pas un style ampoulé.

Tu fais comme si tu racontais pour toi.

Tu commences par l'accident, ton réveil, et tu racontes ce que tu ne veux pas me dire.

Tu dois être sincère et éviter les bavardages. »

Il s'engage à remettre au Pape François ma littérature.

Il s'engage aussi à convenir d'une audition avec le Pape.

Il me prévient qu'une audience avec le pape ne s'obtient pas aisément et qu'elle ne durera pas plus de 15 minutes.

Entre le temps qu'il me faudra pour écrire et celui pour me retaper, nous envisageons la rencontre d'ici quatre à cinq semaines.

Sa visite me fait du bien, et me libère aussi.

Plus besoin de tricher !

Je vais pouvoir jouer au ressuscité et nous en rions avec Paul.

Je suis assez bon comédien pour ne parler que de banalités.

J'ai hâte d'écrire bien que ce ne soit pas ma tasse de thé.

J'avoue que ça me fait un peu flipper.

Si Dieu a vraiment été distrait, il m'aidera.

Fort de cette conviction qui ne me convainc qu'à moitié, j'ai hâte de rentrer chez moi pour me mettre à la tâche.

J'ai une jambe plâtrée, mais mes deux mains sont opérationnelles.

J'ai des calmants pour des maux de tête qui s'amenuisent de jour en jour.

Le docteur qui me suit me laisse quitter l'hôpital quelques jours plus tard.

Je n'oublie pas d'offrir à la belle Hortense une boîte de chocolats.

Rome

Le jour « J » arrive et mon cousin Paul est avec moi.

Il me rassure.

Tout ce que vous venez de lire, le Pape François, à ce jour où il va me recevoir, l'a sûrement lu.

J'en déduis que, si Sa Sainteté me reçoit, c'est que Sa Sainteté a apporté un certain crédit à mon aventure.

Ce qui n'empêche pas que je sois dans mes petits souliers.

J'ai un trac fou et en même temps j'ai hâte.

Tous les jours passés depuis mon réveil à l'hôpital m'ont conforté dans la certitude que ce que je racontais n'était pas un rêve.

La veille de mon arrivée, Paul me fait découvrir Rome, une ville tellement chargée d'histoire qu'elle en est émouvante.

Et si belle.

Avec son nombre impressionnant d'églises et de places où il est bon de se poser aussi et d'y boire un Spritz, spécialité italienne.

Et puis ma jambe abîmée requiert aussi un peu de repos.

Paul veut assister aux Vêpres en fin d'après-midi, il ne m'impose rien mais je vais avec lui.

Les chants m'apaisent.

J'imagine qu'il prie pour moi tellement mieux que moi pour lui, normal aussi, c'est son « job ».

Le rendez-vous avec le Pape est fixé pour le lendemain matin 9 h.

L'audience a lieu dans la bibliothèque privée du pontife dans le Palais apostolique du Vatican.

Je ne vois pas les longs couloirs qui défilent, l'architecture majestueuse, les gardes suisses partout.

Je n'entends que mes pas lourds comme de gros sabots.

Nous arrivons.

Un garde nous ouvre la porte après que Paul eut présenté son laissez-passer.

Le pape en nous voyant se lève et vient vers nous.

Il me tend la main, je m'apprête à baiser son anneau, mais il prend mes mains, les serre chaleureusement et me dit dans un bon sourire, et en français, « Bonjour Alain, je suis heureux de vous rencontrer ».

« Très Saint-Père, merci infiniment. » Ces mots me viennent naturellement, j'éprouve tant de gratitude à son endroit.

C'est au tour de Paul, et ils se donnent une accolade.

Il est visiblement heureux de voir Paul et ils échangent quelques mots.

La présence de Paul me rassure une fois de plus.

Il a été convenu qu'il resterait pour faire l'interprète.

Italien, espagnol, latin ou allemand, langues maîtrisées par Sa Sainteté, Paul choisit l'italien pour mon grand bonheur.

J'aime cette langue, musicale, douce à l'oreille et belle comme les Italiennes.

Paul me confiera plus tard que le pape François lui avait demandé de lire mon histoire, sans cependant la commenter.

J'étais assez flattée que mon souhait fût respecté.

Si Paul avait pris connaissance de mes écrits, seule Sa Sainteté allait réagir.

« Asseyez-vous donc, Alain.

Je tiens à vous remercier pour votre témoignage.

Vous avez du charisme Alain !

Derrière votre forte personnalité, fort plaisante dit-il en riant, vous êtes doué d'humilité.

Si Dieu a vraiment fait une erreur d'aiguillage, pourquoi pas, et pourquoi vous ?

C'est la question que vous devez vous poser.

Vous avez une belle vie ici-bas, une famille qui vous va bien, qui vous aime et que vous aimez.

Vous êtes très créatif : de nos jours, on dit entrepreneur n'est-ce pas ?

Ce que vous faites fait de vous un chrétien exemplaire, sans que vous vous en rendiez compte ! »

Je le regarde avec de grands yeux étonnés… Moi chrétien exemplaire, je tombe des nues !

« Je connais votre région, la Navarre d'Henri IV !

Lourdes n'est pas loin, n'est-ce pas Paul ? »

Paul lui situe bien le Béarn entre le Pays basque, les Landes et les Hautes-Pyrénées.

« Oui, oui, je situe très bien !

Le Béarn est vallonné, vert aussi et la vue sur la chaîne des Pyrénées un ravissement.

Vous habitez une fort belle région ! »

Je me sens plus à mon aise.

Comme je lui ai apporté des macarons de Clara, il nous dit qu'il faut faire honneur à cette gentille petite caissière, et nous en prenons tous un.

Votre petite Clara est bien dégourdie.

Vous lui avez donné le goût et l'envie d'exercer ses talents, en plus de son travail très honorable, mais peu créatif de caissière.

Vos 12 passionnés sont talentueux, chacun à sa façon, en partageant leurs talents.

Blanche est extrêmement touchante.

Autrefois dans les chaumières sans électricité, ceux qui avaient un conteur dans leur entourage étaient bien chanceux.

Heureux soient-ils ceux qui savent conter, c'est un don.

Tout comme le chant avec Jeanne, la musique avec le jardinier et le philosophe, l'Art avec Madeleine, je ne vais pas tous les citer, mais tous donnent envie de vivre dans votre village.

Puissiez-vous être copié Alain, c'est une formidable idée !

Cher Alain, vous avez dû entendre cette expression « c'est un don de Dieu ».

J'aime à croire que nous en avons tous un.

Peut-être pas prestigieux, caché peut-être, pas encore déterré, discret, timide mais bien en chacun de nous.

Chacun doit chercher le don qu'il a reçu.

Et chacun doit chercher chez l'autre, le don qui l'habite.

Il se peut que ce ne soit qu'une toute petite pépite d'or dans un caractère peu amène, mais cherchez là et vous la trouverez.

Et quand vous la trouvez, vous aidez cette personne à mettre en valeur la pépite enfouie en elle.

Elle trouvera alors le centre d'elle-même.

Elle changera en mieux.

Pour elle et pour les autres.

C'est ce que vous faites avec les 12 tenanciers de votre bar et que vous devez continuer à faire. »

J'attends qu'il me dise que j'ai effectivement été sujet à une distraction du Bon Dieu, et que j'étais bien au Paradis.

Comme si Sa Sainteté lisait dans mes pensées, il me dit que j'ai eu beaucoup de chance de voir ce que j'ai vu.

Que le coma m'aurait mis dans ce bien-être particulier et que mon imagination débordante aurait voulu remplir les vides.

Mais il me dit qu'il a été ému quand je lui ai parlé de la douceur des êtres rencontrés, de leur bien-être évident, tout comme du mien.

Ils vous disent tous que vous arrivez trop tôt, parce que vous n'avez pas envie de mourir et sans le savoir, vous vous battez pour revenir à la vie.

Vous avez de la chance, comme vous le dit Coluche, vous avez encore du boulot sur terre !

Soyez en paix et continuez à développer des talents.

Dites-moi Alain, pourquoi avez-vous choisi 12 personnes ? »

« Ben… je ne sais pas. »

« Moi non plus je ne sais pas ! »

L'audience était terminée.

Après m'avoir embrassé, Sa Sainteté me donna sa bénédiction.

Sur la place St Pierre, le soleil rayonnait de tous ses feux.

J'étais heureux.

« Dis-moi Paul, le pape François est bien jésuite ? »

Imprimé en France
Achevé d'imprimer en septembre 2023
Dépôt légal : septembre 2023

Pour

Le Lys Bleu Éditions
40, rue du Louvre
75001 Paris

LE LYS BLEU
ÉDITIONS

www.ingramcontent.com/pod-product-compliance
Lightning Source LLC
Chambersburg PA
CBHW062348010826
49168CB00024B/315

* 9 7 9 1 0 4 2 2 0 5 8 1 2 *